내 마음에 머무는 사람

내 마음에
머무는 사람

용혜원 시집

개정판

🌳 나무생각

가끔은 높은 곳에 올라
우리가 살고 있는 곳을
바라보아야 한다.

거창하고, 대단하고, 복잡하고,
분주하고, 그럴듯한 것들이
얼마나 작게 보이는가
바라보아야 한다.

큰소리치고, 고민하고
번민하던 곳이
얼마나 작은 왕국인가를
알아야 한다.

가끔은 높은 곳에 올라
거대한 산 위에서
세상을 내려다보며
우리의 욕심을 다 버릴 줄 알아야 한다.

우리의 가슴이 왜 따뜻함과
사랑을 갖고 살아야 하는지 알아야 한다.

제2부 내 마음 가장 가까운 곳에

제3부 그대를 향한 그리움

제4부 고요히 묵상하는 시간

제1부

내 마음에 머무는 사람

내 마음에 머무는 사람

한순간 내 마음에 불어오는
바람일 줄 알았습니다.

이토록 오랫동안
내 마음을 사로잡고
머무를 줄은 몰랐습니다.

이제는
잊을 수 없는 여운이 남아
지울 수 없는 흔적이 남아
그리움이 되었습니다.

우리들의 만남과 사랑이
풋사랑인 줄 알았더니
내 가슴에 새겨두어야 할
사랑이 되었습니다.

그대에게 고백부터 해야 할 텐데
아직도 설익은 사과처럼

마음만 붉게 익어가고 있습니다.

그대는
내 마음에 머무는
사람이 되었습니다.

희망을 이야기하면

희망을 이야기하면
사람들의 얼굴은
환하고 밝게 빛난다

마음이 열리고
힘이 샘솟고 용기가 생겨서
보는 일에 최선을 다하고
내일을 향하여
새로운 도전을 하고 싶어 한다

어제보다 오늘을
오늘보다 내일에 펼쳐질 일들을
기대하며 살아간다

땀 흘리는 기쁨을 알고
어떠한 고통도 두려움도 없이
기도하며 이겨내고
서로를 신뢰해주며 사랑을 나눌 수 있는
마음에 여유로움이 있다

희망을 이야기하면
사람들의 눈빛은 빛을 발한다

머뭇거림과 서성거림이 사라지고
리듬감과 생동감 속에 유머를 만들며
열정을 다 쏟아가며
뜨겁게 살기를 원한다.

사랑할 때

누군가 사무치도록 그리워질 때면
병든 사람처럼
두 눈이 휑하니 달아날 듯하고
발목마저 지탱할 힘을 잃어
온몸이 후들거리고 맙니다

사랑할 때는 눈빛부터 생기가 나고
피곤한 줄도 모르고 지칠 줄도 모르더니
꼭 잡았다 놓은 듯한
이별의 아픔의 무게에 눌려
모든 기력이 쇠한 듯이
모든 힘을 잃고 맙니다

사랑하고픈 사람을 만나면
사랑을 하며 살아야 합니다
사랑을 하지 못해 생긴 병은
영영 고칠 수가 없습니다
그 아픔이 죽음까지 따라옵니다

사랑하는 사람들은

그 어떤 시련과 고통과 아픔도

죽음까지도 이겨냅니다

그 어떤 것도 사랑의 힘을 당할 수가 없습니다

사랑할 때는 누구나

가장 강한 힘을 나타냅니다

어느 날

너를 보았을 때
사랑이 보이기
시작했다

그 어느 날
난 네가 좋아졌다

그대는 다가갈 수 없는 그리움입니다

그대는 다가갈 수 없는 그리움입니다

서툰 사랑 탓일까요
서로 떨어져 있으면
망망한 바다에서 집을 그리워하는 어부처럼
그립기만 한데
가까이 다가가면 갈수록
내가 알지 못했던
아픔들이 다가와 견딜 수가 없습니다

봄비를 기다리며 그리워하는 나무들마냥
그대를 그리워하며 살겠습니다

그대가 사무치도록 그리워질 때는
우리 같이 걸었던 길들을 생각하고
그대가 미치도록 보고파질 때는
우리가 나누었던 이야기들을
떠올리며 살아가겠습니다

우리 서로 사랑하지만
엇갈려 떠나는 기차처럼 만날 수 없고
꽃피듯 사랑할 수 없다면
서로 만나 가슴이 아파 애통하며
풀 수 없는 매듭으로 남기보다는
먼 곳에서 지켜보며 살아가는 것이
내 이름다운 기억으로 남을 것입니다

늘 푸르른 사랑

우리들의 사랑은
늘 푸르른 사랑입니다

초록의 싱그러움으로
마음껏 자라나
열매 맺는 아름다운 사랑입니다

둘만 있어도
아무런 초라함도 없고
세상에서 부러울 것 없이
마냥 행복합니다

우리들의 사랑은
나무처럼 언제나
제자리를 지킬 줄 압니다

서로의 마음을 읽어내려
필요할 때 도움이 되고
힘이 들 때 위로해주고

어려울 때 격려해주는

둘이 하나가 되는

늘 푸르른 사랑입니다

등불

잠들고 싶어지는 밤
온몸을 살라
어둠을 밝힐 수 있음으로
외롭지 않다

깊어가는 밤
작은 눈을 깜박이며
무엇을 바라보는 것일까

모두들 어둠 속에
숨기고 싶어 하는 것이 있는데
모든 것을 다 드러내어
빛을 발한다

어둠 속에 작은 불빛이지만
자유롭게 춤출 수 있어
오랫동안 그리움으로 남을 수 있다

내가 하고픈 사랑

불꽃으로 타오르는
사랑을 하고 싶다
타오르고 나면 재만 남아도
뛰어들고 싶다

욕망이라는 격정의 바다에
푹 빠져버리는
사랑을 하고 싶다

외로움에 몸부림치다
세월이 다 흘러가기 전에
온몸이 불덩어리가 되어도 좋을
사랑을 하고 싶다

한순간 가슴만 애태우고
한순간 가슴만 미어지도록
그리움으로만 가득하면
세월을 뒤돌아볼 사이도 없이
흘러간 아쉬움만 남는다

살아 있는 동안
멋진 사랑을 하며 살겠다

그리워 그림만 그리다
그 아쉬운 서러움에
눈물 젖어 살아가기보다는
내가 하고픈 사랑에 빠져
불타오르고 싶다

우리 사랑

얼마만큼
사랑하면 좋을까
얼마만큼
사랑하면 좋을까

채워지지 않는 우리 사랑

우산 속의 두 사람

비가 아무리 줄기차게
쏟아진다 하여도
우산 속에서 나란히 걸을 수 있다면
사랑은 시작된 것입니다

발목과 어깨를 축축히 적셔온다 하여도
비를 의식하기보다
서로의 호흡을 느끼며
주고받는 이야기가 무르익어 간다면
사랑은 시작된 것입니다

빗소리보다 때로는 작게
빗소리보다 때로는 크게
서로의 목소리를 조절하며 웃을 수 있다면
사랑은 시작된 것입니다

우산 속에서 서로 어색함이 없이
어깨와 어깨 사이가 좁혀지고
두 사람의 손이 우산을 함께 잡아도 좋다면

사랑은 시작된 것입니다

우산 속의 두 사람은
사랑 여행을 시작하고 있는 것입니다

그리운 당신

내 가슴이 꽉 메이도록
그리운 사람이
당신입니다

한순간만이라도 만나면
내 마음을 전하고 싶어
늘 서성거렸습니다

먼 곳에 있으면
가슴이 두근거려
도망쳐버리고 싶었고

가까이 있으면
떨리는 새가슴을 적셔줄 만한
아무런 말도 하지 못했습니다

차라리 잊혀지기를 바랐지만
오랜 세월이 지난 후에야 알았습니다

한마디 말도 건네지 못한 사랑이기에
더 아름다운 추억으로 남아 있습니다

나 혼자 좋아하며 속태우던
그리운 당신이기에
언젠가는 서로 마주 달려가 만날 것이라는 기다림 속에
내 마을 한곳에
그대가 또렷하게 그려져 있습니다

사랑은

사랑은
요술 부리는 침과 같다

가슴에 맞으면
온 삶이 분홍빛으로 물들고

눈에 맞으면
온 세상이 분홍빛이 된다

그대가 떠나가면

그대를 얼마나 기다렸는지
그 시간의 길이를 알 수 없습니다

보고 싶다는 생각에
내 가슴이 저려오고
순간이 세월로 변하여도
그대 사랑이 느믈기워
영영 잊을 수가 없습니다
그리움으로 고여 있는 눈물만큼
우리들은 멀게만 느껴졌습니다

그대는 내 삶에 잠시 머물다
한줄기 비를 쏟고
떠나버린 구름만 같았습니다

목숨의 줄을 풀어내며
그대를 기다리지만
영영 못 볼지도 모릅니다

한순간 사랑했던

그 소중한 인연을 가슴에 안고

살아야 하나 봅니다

그대가 떠나가면

그 빈자리는 누가 채워주겠습니까

내 마음의 길

나만 알고 있는
내 마음의 길을
찾아 나서면

그곳엔
언제나
그대가 있습니다

경포대 해변에서

밤바다에 떠 있는
보름달이
거칠고 험한 세상살이에 비해
너무 둥글다

멀고 먼 수평선 위로
고깃배들의 불빛이
어부들의 살기 위한 몸부림인 양
불빛이 살아 있다

파도는 어둠 속에서
굶주림에 성난 짐승처럼
입을 크게 벌려
소리쳐대며 달려들어
도망치고 싶다

두려움이 가득한 밤바다에
보름달이
성난 파도 위에

은빛을 가득히 쏟아내어
내 마음을 맑게 씻어주었다

꽃지 해변

꽃다리에서 바라보는
확 펼쳐진
꽃지 해변 바다는
가슴도 확 펼쳐준다

전설을 불러내는
할미 할아버지 바위 사이의
낙조는 그림으로는
다 그려낼 수 없는
아름다움이다

사랑이 이루어질 것만 같은
이 해변에서
우리 서로 마주 보고 있으니
얼마나 행복한가

일상적인 삶에서 주님을 만나게 하소서

평행선을 그어놓은 듯 별다른 변화가 없어 보이는
일상적인 삶에서 주님을 만나게 하소서
실타래에서 실이 풀어져 있듯이
한가롭게 보이는 시간 속에서 주님을 만나게 하소서

잠을 불러내어 눕고만 싶어지고
무료한 속에 나른함에 빠지들고 싶고
한 잔의 커피를 마시며 책을 보거나
한가롭게 이야기를 나누고 싶을 때 주님을 만나게 하소서
특별히 긴장할 필요가 없고
무언가 요구할 필요를 느끼지 못하고
별 탈 없이 잘 돌아가는 것처럼 느껴질 때
주님을 만나게 하소서

우리의 삶에서 주님이 함께하심을
잊어버리려고 할 때 속 깊고 따뜻한
주님의 마음을 새롭게 알 수 있도록 주님을 만나게 하소서

제2부

내 마음 가장 가까운 곳에

내 마음 가장 가까운 곳에

그대 그립다
마주 바라볼 수 없는
멀고 먼 곳에
서러움 쌓이도록
떨어져 있는 줄 알았다

그내
아무런 기별 없이
불쑥 찾아와
내 가슴에 방망이질이라도 하듯
그리움이 되고 보고픔이 된다

그대는 항상
내 마음이 파르르 떨리도록
가장 가까운 곳에
그리움을 어루만질 수 있도록
살고 있다

그대를 어디서 만나랴

그대를 어디서 만나랴
애타는 사랑을 잊지 못해
그리움으로 온몸을 물들이게 해놓고
떠나버린 그대를

서로가 서로를 좋아하고 기뻐하던
순간들을 다 잊은 듯 모르는 듯
생각하고 있지도 않는 것 같아
남는 것은 안타까움뿐이다

그대를 어디서 만나랴
꿈속에서도 나를 불러 깨우는데
내 마음속에 눈물은 자꾸만 흐른다

이 가을 단풍처럼
내 마음도 붉게 붉게 물들이고
그대 따라 떠나고 싶고
그대 이름을 부르고 싶다

내가 사랑한 사람이

오랫동안
만나지 못하고
소식도 없었는데

방금 만나고 헤어진 듯
내 마음속에서
그대가 웃고 있습니다

구름 가듯 세월이 흘러가도
흘러간 것 같지 않고
항구를 떠나가버린 배처럼
멀어져도 곁에 있는 것 같습니다

내 평생토록 잊지 못할 흔적이
가슴 복판에
나이테처럼 남아 있습니다

날 버리고 훌쩍 떠나간 사람인데도
기다림은 그리움이 되어

홀로 있으면 눈물이 나고
웃음도 웃게 되는 걸 보면

내가 사랑한 사람이
참으로 좋았던 모양입니다

꿈길에서 본 그대

그리운 얼굴 한 번이라도
보고 싶어
그리움 속을 걷고 걸어도
그대에게 가닿지 못한다

사람과 사람 사이에
성이 없나번
사람과 사람 사이에
사랑이 없다면
사는 이유는 무엇일까

그리움은 쌓아두면 둘수록
병이 된다
그리움으로 만들어놓은
내 꿈길에
그대는 늘 찾아온다

꿈길에서 본 그대가
멀게만 느껴진다

내 눈앞에 그대가 있다면
얼마나 행복할까

외로운 삶의 길
홀로 가고 싶지 않다
그대의 손을 잡고 함께 가고 싶다

그대가 그리운 만큼

쓸쓸한 만큼
그리워했다
그대와 함께했던 시간만큼
쓸쓸함이 가득 차 있다

외로운 만큼
그리워했다
그대가 들려준 사랑 이야기만큼
그리움이 쌓여 있다

고독한 만큼
그리워했다
그대가 사랑의 흔적만큼
그리움이 그려져 있다

보고픈 만큼
그리워했다
그대가 가슴에 새겨준 만큼
그리움이 절실하다

그대를 그리워하는 만큼
내 가슴에 불이 붙는다
내 가슴이 활활 타오른다

소나무 한 그루

산기슭에
키가 큰 소나무 한 그루 서 있는 것을
바라보는 것은 즐거운 일이다

잘 뻗어 있는
가지 하나하나가
심장의 호흡으로 그려놓은 듯
살아 있다

모든 것들이
시류를 따라 흘러가고 떠나가는데
오랜 세월 착실하게 뿌리를 내렸다

소나무 한 그루
가로질러 불어오는 바람의 시련도
잘 견디며 하나의 작품을 만들듯이
세상을 내다보며
멋지게 서 있다

너의 그리움이 되고 싶다

누구나 꿈꾸는
사랑의 목마름이 있다 하지만
살아가며
착하고 고운 사람 만나

마음을 터놓고 허물없이 기대며
살아갈 수 있다면
얼마나 멋진 일인가

네가 나의 그리움이듯
나도 너의 그리움이 되고 싶다

외로움을 느껴본 사람은

늦가을

마른 나무 가지 끝에

가만히 앉아 있는 새같이

외로움을 느껴본 사람은

포근한 둥지를 틀고 싶어

사랑을 시작한다

신발

너의 신발을
한번 살펴보라

신발의 모양이
너의 삶의 모습이다

우리들의 사랑을 노래하기 위하여

그대가 언제나
행복했으면 좋겠습니다

우리가 함께 초록 들판처럼 펼쳐놓은
아름다운 사랑으로 인해
그대 가슴에 안겨
모든 것을 감사할 수 있도록

그대가 언제나
기뻐했으면 좋겠습니다

우리가 함께 피워놓은 꿈들이
꽃들이 만발함처럼 피어가는 것을 바라보는
그대의 눈빛을
따뜻하게 느낄 수 있도록

그대가 언제나
건강했으면 좋겠습니다

우리들의 사랑이 나무들처럼 싱싱하게 자라고

내일 또 내일

그리고 황혼까지 물들어가며

우리들의 사랑을 노래하기 위하여

사랑의 상처

우리는
외로움에 서로 만났고
그리움에 서로를 사랑해
우리는 하나가 되고 싶었습니다

그대의 황홀한 향기에
사랑을 불태우고 싶어
몸 부딪쳐도 아무런 부끄러움이 없었습니다

그대는 한 번 스쳐가는 바람입니까
나도 모르는 사이에 멀어져간 그대를
가슴이 메이도록
그리워할 이유가 있습니까

홀로 외로움의 조각들을 줍기가 싫었습니다
핏빛 노을 속에 홀로 고독했지만
어둠 속에선
그림자마저 찾을 수 없었습니다

보고픔에 몸부림쳐도 어쩔 수 없어
생각하면 더 외롭게 만들고
더 초라해집니다

그대는 떠나가고
홀로 외로움 속에 발길을 돌립니다
그대 다시 나에게 오지도 말고
사랑에 대하여 말하지 말기를 바랍니다
나에게 상처만 남았습니다

짝사랑

만나지 못하고
고백하지 못하고
가녀린 내 마음만 졸이며
나 혼자만 나 혼자만
타오르면 어찌할까

그대 날 사랑해주면
힘이 솟을 텐데
그리움에 눈물만 뚝뚝 흘리며
내 마음만 까맣게 타올라
가슴만 애태우는 걸 어이하나

내 가슴속에서만
애태우던 사랑을
내 귀로
내 눈으로 확인하고 싶다

그대 내 가슴에 살다가

그대가 내 마음에
사랑의 배를 띄우던 날
언제나 내 곁에
그대가 머물러 있으리라 생각했습니다

알 듯 모를 듯 살아가는 삶에
죽을 때까지 간직하여도 좋을
그리움이 있다면
삶이 힘들지만은 않을 것입니다

조용하기만 하던 삶이
기다림으로 설레고
때로는 거친 파도로 밀려와
심장이 뜨겁도록 사랑의 밀어를 속삭입니다

뜨거운 입맞춤과 부드러운 손길로
달콤한 사랑을 주고받았다면
그날들로 인하여 행복할 수 있습니다

그대 내 가슴에 살다가
둥지에서 푸드득 날아가버린
새처럼 떠나갔지만
내 생각 속에 그대는 언제나
그리움으로 머물고 있습니다

길

섬과 섬 사이에
뱃길이 있듯이

그대와 나 사이엔
사랑의 길이 있다

이 길은
우리가 활짝 열리기를
원하는 길이다

소중한 것들

내 가슴에 남아 있는
지난날 이야기보다
지금 이 순간
내가 말하고픈 이야기가
더 소중합니다

지나간 세월보다
남아 있는 시간들이
더 의미가 있습니다

잊혀져가는 사랑보다
지금 사랑하고 있음으로
지금 이 순간
내가 사랑하는 사람이
더 소중합니다

이루어놓은 일보다
이루어가고 싶은 일들이
더 소망 있습니다

채석강

해 저무는 저녁에
채석강을 걸어보았다

바위와 파도가 만나
이루어놓은
태곳적 신비가 눈앞에 펼쳐진다

세월이 흘러가며
만들어놓은
그림들이 바위에 새겨져 있다

솜씨 좋은 석공들이
얼마나 많이 모여들어
얼마나 많은 세월 동안
겹겹이 쌓아놓았으면
이리도 아름다운가

석양이 물드는데
채석강을 떠나고 싶지가 않았다

그 아름다움을 바다를 향해
가슴이 터지도록 노래하고 싶었다

후회 없는 사랑

풀잎 하나 돌멩이 하나에도
정을 쏟으면 사랑하는 마음이 생기고
곁에 두고 싶어지는데

사랑하는 사람이야
일평생 곁에 두고
사랑하며 살고 싶지 않겠습니까

한 번 만나도 생각나
보고 싶어지고
그리워지는데

사랑은 얼마나 놀라운 것입니까
힘이 솟게 하고
모든 것을 새롭게 해주지 않습니까

그런 놀라운 힘을 주는 이가
그대라면
나는 사랑을 하렵니다

그대라면

흘러 흘러만 가는 세월

죽음이 오기까지 사랑을 해도

조금도 후회는 없습니다

눈 내리는 날

눈이 내리는 날에는
세상의 모든 것들이
다 같이 춤을 춘다
세상의 모든 것들이
흐르는 음악이 된다

인파로 술렁이는 거리로 나가면
펑펑 내리는 눈으로
사람들의 얼굴은 행복하게 보이고
거리 곳곳에는
연인들의 웃음소리가 가득하다

눈이 내리는 날 그대를 만나면
굳게 잠겼던 마음도 열릴 것이니
한없이 내리는 눈처럼
끝없이 이야기하고 싶다

눈이 내리는 날 그대를 만나면
어깨 눈이 쌓이도록

걷고 또 걷고 싶다
날개를 달고 하늘을 훨훨 날고 싶다

그대를 잊을 수가 없습니다

그대를 어찌 잊겠습니까
그대를 잊을 수가 없습니다

살아가며 그대를 닮은 사람을
다시 사랑한다 하여도
그 마음은 그대만 같지는 않을 터이니

모든 일들이 모든 세월이
바람처럼 불어왔다가
바람처럼 불어간다 하여도
나에게 남겨진 추억들이 너무도 생생해
그대를 잊을 수가 없습니다

또다시 새롭게 사랑한다 하여도
그대를 사랑한 것처럼
그대로 사랑할 수는 없을 터이니

살아가는 일이 즐겁다 하여도
우리가 즐겁게 보내었던 시간들이

그대로 흔적처럼 남아 있어

그대를 잊을 수가 없습니다

제3부

그대를 향한 그리움

그대를 향한 그리움

그리움이 마음에 가득하니
모든 것들이 비에 젖듯
눈물에 젖습니다

사랑이 마음에 가득하니
모든 것들이 꽃 피어나듯
웃음꽃을 피웁니다

그대의 이름을
부를 수 있을 땐
행복뿐인데
그대의 이름조차
부를 수 없을 땐
슬픔뿐입니다

나의 모든 삶은
그대의 마음에 따라
사랑에 따라 달라집니다

내 마음이 이렇듯

수시로 변하는 것은

그대를 향한 사랑 때문입니다

내소사 숲길

전나무 숲길을 걸으며
발걸음을
빨리 옮겨놓고 싶지 않다

잠시 흐르는 세월을 잊고 걸으면
오모에 퍼져오는
숲의 향기를 다 받아들이고 싶어진다

전나무 행렬 속으로
빠져들다 보면
세상 시름이 다 사라져버리고
마음에 남아 있던 모든 찌든 것들이
다 사라지고
숲속에 나만이 남아 있다

단 한 사람

무수한 눈길을 받고
무수한 눈길을 보냈지만

내 마음을 휘감아도는
사랑은 단 하나

나를 외롭게 만들고
나를 즐겁게 만드는
단 한 사람

사랑을 할 수 있는 이
사랑을 받을 수 있는 이

내 마음에 새겨놓아
영원히 지울 수 없는
단 한 사람

깊어가는 밤

깊어가는 밤
고요함 속에 찾아와
가슴 끝을 적시는
그리움이 있다

짙은 어두움 속에
갇혀 있는 아쉬움이
하늘에선 별이 되어 빛나고
거리에선 가로등이 되어 빛난다

기다림으로 흘러만 가는 세월
슬픔의 무게에 눌려
가슴만 아프기보다
너를 만나고 싶어 잠을 청한다

꿈속이라면 고향길을 달려가듯
천리길 만리길이라도
단숨에 달려가
둥근 보름달로 떠올라

내 그리움을 밝혀줄

너를 만나 유쾌하게 웃고만 싶다

모래알

너무나 작은 우리는
모여 있어도
하나가 될 수 없는
하나하나 각각이다

아무리 단단하게 뭉치려 해도
뭉칠 수는 없지만
함께 모여 있다

우리는 서로 그리워할 수밖에 없다
하나하나 마음대로 흩어져 버리면
우리의 존재가
사라진다는 것을 알고 있다

는개 내리던 날

는개 내리던 가을날
덕수궁 돌담길을 걷는다

가을이 서둘러 도망치고 싶어 하던 날
낙엽들이 떨어져
가지들이 다 드러난
은행나무 행렬이 아름답다

는개가 내리면
촉촉하게 젖고 싶은 탓일까
떠나가려는 가을을
보내기가 아쉬운 탓일까
사람들은 우산을 펼쳐들지 않는다

는개 내리는 거리엔
발걸음을 바쁘게 옮겨놓는 사람들이 없다
떠나가려는 가을 정취에
푹 빠져들고 싶다

홀로 탄 기차는 쓸쓸하다

무작정
목적 없이
홀로 탄 기차는 쓸쓸하다

차창 밖으로 보이는 모든 것들은
제 마으대로 떠나가고
강들도 제 마음대로 흘러간다

달리는 기차만 종착역을
분명히 알려준다

그대가 보고플 때면

그대가 보고플 때면
그대의 얼굴이
내 마음속에 그려집니다

미움이 생길 때에는
그대 모습조차 조각조각나
다시는 맞추어질 것 같지 않더니

그대가 보고플 때면
두근거리는 내 마음속에
나를 반기며 달려오는
그대의 웃는 모습 그대로 그려집니다

기다림이 길어지면
그리움이 산처럼 쌓여가
그대가 보고플 때면
그대를 내 마음에서 불러냅니다

번뇌

내 안에 있는 또 다른 내가
나를 괴롭히고 있다

마음에 온갖 잡초가 돋아나고
엉컹퀴가 자라난 듯
아무것도 집중할 수 없다

나 자신이 산산조각이 나고
갈기갈기 찢겨져 흐트러질 대로
흐트러진 것만 같다

초조함에 온갖 오물이라도 뒤집어쓴 듯
이런 궁리 저런 궁리를 해보아도
온통 걸리는 것뿐이다

통제도 절제도 되지 않고
꼬리에 꼬리를 물고
돌아다니는 송사리 떼처럼
머릿속에서 계속

의문의 꼬리를 물어뜯고 있다

의욕도 자신감도 없어
나에게 다가오는 예감들을 대처할 수가 없다
나의 삶에는 방향등도 브레이크도
모두 다 고장이다
지금 내 마음은 신음하고 있다

결핍

늘 채우고 싶은 몸짓인가
물 빠진 갯벌의
허전함이 늘 남아 있다

텅 빈 거리에 홀로 서 있듯
늘늘임새 이긴힘만 쌓어
찾을 것 없는 거리를
늘 배회하며 다녔다

수분이 부족한가
늘 물을 찾고
잠이 부족한가
늘 졸린 눈빛이다

누군가 곁에 없으면
미칠 것만 같았다

늘 모자라고
늘 부족하다는 생각에

남 앞에 서면 심장까지 떨려왔다

사람들이 가득한 곳에서도
외로움을 느낀다
어둠이 가득한지
빛을 찾고만 싶었다

사랑을 채우고 싶어
누군가의 어깨를 빌리고 싶다

오늘 하루가

오랜 후에
오늘을 생각해도
후회가 없다면
얼마나 멋진 삶입니까

삶의 순간순간이 아름다워야
우리들의 삶이 아름답습니다

삶을 어둡게 살기보다는
빛 가운데 드러나게 살아야 합니다
삶을 고통으로 만들기보다는
즐거움으로 만들어 가야 합니다

오늘 하루가
행복해야 내일이 행복합니다

개구쟁이 꼬마 녀석

동네에서 개구쟁이로
소문에 소문이 퍼져버린 꼬마 녀석
토끼 이빨마냥
톡 튀어나온 하얀 앞니 두 개에
웃음이 번지고 있다

온몸이 장난기투성이라
꼬마 녀석의 눈빛을 바라보고 있으면
금방이라도 무슨 일을 저지를까
불안하기도 하고
궁금해지기도 한다

눈치코치는 얼마나 빠른지
언제 저를 보고 있는 걸 알았는지
한쪽 눈을 찡긋하며 온몸을 흔들어대고는
곰살궂게 웃는 웃음을 온 거리에 쏟아낸다

개구쟁이 꼬마 녀석의
천진난만함에

세상에 찌든 마음도 사라지고
한순간 행복해지고 말았다

빈 농가에 남아 있는 아이 고무신

빈 농가
담 밑에 남아 있는
아이 고무신 한 짝

한때는 웃음소리도
사랑도 가득했을 이곳엔
모든 것들이 소리 없이
무너져 내리고 있다

어디로 갔을까
얼마나 급히 떠났으면
가재도구도 다 챙기지 않고
떠나갔을까

마당에서 놀던 아이를
급히 데리고 가려다가
고무신 한 짝 벗겨지지 않았을까
아이는 얼마나 울었을까

삶에 얼마나 쫓기어 살았으면
이리도 허둥대며 도망치듯
떠나갔을까

텅 빈 농가엔
그들의 정겨웠던 목소리는 사니지고
찾아드는 바람 소리와 함께
공허만 가득하다

잠들지 못하는 밤

신경에 칼날이 섰다
잠들지 못하고 있다
온갖 생각이 다 모여든다
뼈까지 피곤하다

전기 스위치를 올린다
어둠이 싹 사라진다
방 안이 환하다

내 잠도
내 생각의 불빛이 너무 강해
모두 다 달아난 것 아닐까

빈 어항

어항이
비어 있다

물도 없고
고기도 없다

남은 것은 잔돌과
빈 어항 뒤에 그려놓은
바닷속 풍경이다

물고기들이 그림 속
바다가 싫증 나
바다를 찾아 떠났나 보다
파도가 그리워 떠났나 보다

술래잡기

불빛도 없이
깜깜하던 가을밤
하늘엔 별들만 똘망똘망한
눈으로 쳐다보고 있었다

동네 아이들이 모여
술래잡기를 하는 동안 재미있어
서로 손가락질하고
서로 간지럼 피우며
깔깔대고 웃고 또 웃었다

맨 나중에 혼자 술래가 된 아이는
못 견디게 싫었는지
언제 갔는지도 모르게
집으로 가버려 지금까지 돌아오지 않는다

세상살이에 항상 서툰 나는
지금도 술래잡기를 하며 기다리고 있다
그 아이가 술래가 되었을 때

잠깐 뒤돌아보며 나를 바라보던
그 눈빛을 잊을 수가 없다

바람

스쳐 지나가는 모든 것들을
제 마음껏 흔들어놓는다
남는 것은 아무것도 없다

꼭 붙들고 떠나보내고 싶지 않아도
뒤돌아보지도 않고
떠나가고 만다

불어올 때는
온몸으로 느낄 수 있는데
지나가고 나면 홀로 남는다

바람이 어디서 불어오더라도
바람이 어느 곳으로 떠나가더라도
바람의 표현은 언제나 똑같다

바람은 바람일 뿐
잡을 수가 없다

거리의 청소부

태양도 더위를 먹어
혓바닥을 내밀고
헉헉대는 한여름날

거리의 청소부가
차은 그늘이 있는
버스 정류장에 앉아
노곤함에 젖어 졸고 있다

사람들이 버린 쓰레기들을
치우다가 더위에 지쳐
녹초가 되어버렸다

버리는 사람은 누구이고
치우는 사람은 누구인가

거리를 오가는 사람들도
이마에 땀방울이 맺히고
눈빛은 맥을 잃고

어깨가 축 처지고
아스팔트마저 못 견디겠다고
꿈틀거린다

사람들은 청소부를 힐끔힐끔
쳐다보며 지나갈 뿐
차가운 냉수 한 그릇 가져다주는
사람이 없다

해변의 사람들

눈부신 햇살 아래
바다는 깨어진
유리 조각처럼 빛나고

해변가에는 사람들이
그림자처럼 서 있다

섬들은 언제나
그 자리를 지키고 있지만

밀려오고
밀려가는 바닷물처럼
사람들도
그들의 삶처럼
그렇게 왔다
그렇게 떠나간다

사랑하는 이와 함께 떠나는 여행

결혼은 축복입니다

사랑하는 이를 만나고
사랑하는 이와 함께
가족을 이루고
평생토록 살아갈 수 있음이
얼마나 감사할 일입니까

두 사람이
처음 서로 사랑한다는 것을 알았을 때
얼마나 기뻐했습니까
만나고 싶고, 보고 싶고,
함께 있고 싶어서
얼마나 결혼하고 싶었습니까

이후로는
새롭게 이루는 가정 속에서
더욱더 깊은 사랑에 빠져들기 바랍니다

결혼은 행복입니다

서로를 이해하고
서로를 받아주고
서로를 기다려줄 때
행복은 더 커져만 갈 것입니다

두 사람의 마음이 하나가 될 때
행복과 사랑의 꽃은
날마다 더 아름답게
더 오래도록 피어날 것입니다

결혼은 일생토록 사랑하는 이와 함께
떠나는 여행입니다

제4부

고요히 묵상하는 시간

고요히 묵상하는 시간

고요히 묵상하는 시간
주님의 거룩함을 닮아가게 하소서

주님을 만나기 위한
조용한 공간에서

고요한 시간
고요히 묵상함으로
주님을 바라보게 하소서

고요히 묵상함으로
주님의 인도하심을 받게 하소서

고요히 묵상함으로
주님의 가르침을 받게 하소서

외로운 날

내 눈 안에서
네가 사라지던 날

나만 남겨두고
영영 떠나버린 날
차마 따라나서지 못한 날

그리움을 일으켜 세워보아도
나오는 것은 한숨뿐
눈물만 쏟아지는
서러운 사랑을 사직하게 되었다

그대를 찾아 떠나야겠습니다

떠나가버리면
영영 멀어질 줄만 알았습니다

담장을 타고 오르는
한 줄기 담장이처럼
목숨의 줄기를 따라 다가오는 사랑을
잇이미디고 수먹이었나 밀아기엔
애잔한 그리움이 남아 있습니다

떠나가버리면
생각조차 지워질 줄 알았습니다

가을날 외로운 나뭇가지 끝에
남아 있는 잎새마냥
떠나보내지 못한 사랑을
홀로 가슴에 간직하기엔
아련한 슬픔만 남습니다

발돋움해서라도 볼 수 있다면 좋으련만

떠나갔어도 내 가슴에 남아 있는
그대를 찾아 떠나야겠습니다

멋진 풍경

열차가 달리면 달릴수록
멋진 풍경들이
내 가슴에
안겨 들어오고 싶어 하는데
다 담아둘 수가 없어
눈으로만 보았습니다

봄 꽃피는 날

봄 꽃피는 날
난 알았습니다
내 마음에
사랑나무 한 그루 서 있다는 걸

봄 꽃피는 날
난 알았습니다
내 마음에도
꽃이 활짝 피어나는 걸

봄 꽃피는 날
난 알았습니다
그대가 나를 보고
활짝 웃는 이유를

쓸쓸함

누가
자정이 지난 시간에
어둠을 밝히고 있는
가로등보다
더 쓸쓸할 수 있을까

그리움의 시선

그대를 바라보는 동안
그대의 웃는 얼굴이
내 마음에 들어와
그대를 사랑하게 되었습니다

내 마음이 닿을 수 없을 것만 같아서
내 손이 닿을 수 없을 것만 같아서
그대를 사랑한다고 말하지 못했습니다

홀로 사랑하는 것이
몸부림치도록 괴롭지만
모른 척 잊고 살면 잊혀지려니 했습니다
사랑 속에
그리움의 시선이 있다는 것을 몰랐습니다

세월의 물살에 떠밀려
그대가 보이지 않는 곳에 있어도
나는 그대를 바라보고 있습니다

가슴으로 들려오는 그대 부름에
내 심장이 박동하고 있습니다

그대를 만나면
그대 웃음에 어울리는
사랑을 하고 싶습니다

호수

호수는 어떻게
하늘까지
담을 수 있었을까

속까지 환히
들여다보이는
맑은 마음 때문일까

넓은 마음을 가진 호수는
하늘까지 가슴에 담고
잔잔하게 웃음을 웃으며
찰랑거리고 있다

망부석

언제 올지도 모르는데
기다리고 있습니다
내 마음에
분명히 오리라는
확신이 있기에
모진 바람에도 쓰러지지 않고
어떤 개일 밀려 않고
기다리고 있습니다

욕심

끌어당기고 당겨
퍼담고 퍼담아
터질 것만 같은데
부족만 느낀다

느슨하게 풀어주고
퍼주어도 퍼주어도 남는
여유스러움이 없다

안간힘을 다해 발버둥치지만
끝없는 수렁일 뿐
가지면 가질수록 눈빛도 더 붉어지고
사악해진다

숨차게 헐떡이며 살아도
불행을 자처하는 길을 걷고 만다

두 손과 온몸으로
세상 것을 다 소유하려 해보아도

스스로 자기 꾀에 묶여

쓰러지고 만다

뒷간

달빛이 쏟아지는 엄동설한에
초저녁도 아니고 한밤중이면
꼭 뒷간에 가고 싶었다

혼자 가기엔 너무나 무섭고 싫어
형, 누나에게 도움을 청했지만
"나도 무섭다"며
같이 가주지 않았다

잠자리에 누우신 엄마를 부르며
칭얼거리면 촛자루 하나에
불을 켜 손에 꼭 쥐여주며
앞서 나오셨다

뒷간에 웅쿠리고 앉아 있으면
몽당 빗자루 하나 놓여 있어
수많은 무서운 이야기들이 스쳐 지나가고
구멍 뚫린 곳에선
엉덩이가 시리도록 찬바람이 불어왔다

촛불이 흔들리고
무서움증이 등골에 바짝 다가올 때면
"엄마"를 부르는 외마디에
추위에 떨면서도 엄마는
"여기 있다!"고 말하셨다

세월이 많이 흘렀네
지금도 가끔씩 엄마의 그 음성이
귓가를 맴돌며 들려온다

고민

삶이 버겁고 바람 빠질 때
상상력이 자라나 날개를 단 듯
머릿속을 계속해서 날아다닌다

두 어깨가 힘들고 지칠 때
힘겨움에서 벗어나려고
생각과 생각이 꼬리를 잡고
씨름을 하고 싶다

피난처를 만나고 싶다
긴장감에서 벗어나 탈출하고 싶다
실수와 부담의 함정에서 벗어나
평안의 의자에 앉아 쉬고 싶다

삶의 모순을 알리는
불협화음의 멜로디를 새롭게 하고 싶다
저지른 잘못과 시행착오가 있을 때
재빠른 숫자적 계산보다
낭만적인 여유로움을 갖고 싶다

기계가 아니기에 이기심에서
확 벗어나 쉬고만 싶다

어둠은

어둠은 왜 밤마다
찾아오는 것일까

온 세상이 가득하도록
다 채우고도
새벽녘이면 슬슬슬
꽁무니를 뺀 채로 달아나는 것일까

어둠은 왜 빛을 싫어할까
불을 밝히면 밝힌 만큼 사라지다가
동터오는 새벽녘이면 슬슬슬
꽁무니를 뺀 채로 달아나는 것일까

어둠은 아마도 빛과는
이루지 못할 아쉬운
사랑을 했던 모양이다

어둠은 빛이 사라지면
찾아왔다가

빛이 나타나기만 하면
도망치는 것을 보면
분명 둘 사이에
기막힌 사연이 있는 모양이다

나의 집

가족이 있는 곳
사랑이 있는 곳
위로가 있는 곳
평안이 있는 곳
쉼이 있는 곳
주님의 사랑이 가득한 곳
나의 집

좋은 친구

살다 보면
가슴이 꽉 메어 답답하고
가슴을 쪼개놓은 듯
못 견디게 아플 때
서로 말문을 트면
씻은 듯이 가슴을
시원하게 해주는
좋은 친구가 있다

최일도

그에게는 언제나 열정이 있고
시인의 낭만이 있고
인간적인 멋이 있다

그에게는 사람을 끄는 힘이 있고
사람들을 감싸주는 사랑이 있다
그의 웃음소리를 들으면
같이 웃지 않을 수 없다

그의 아픔을 들을 때마다
사람들은 그의 일에
동참하고 싶어진다

최일도 그가
사람들 속에 둘러싸여 있다
사람들 속에 둘러싸여 있다
사람들 속에 둘러싸여 있다

최일도 그가

128

사람들 시선 속에 둘러싸여 있다

사람들 시선 속에 둘러싸여 있다

사람들 시선 속에 둘러싸여 있다

묵상을 통하여

묵상을 통하여
내 삶을 향한
하나님 아버지의 마음을 알게 하소서

묵상을 통하여
내 삶 속을 흐르는
하나님 아버지의 뜻을 알게 하소서

묵상을 통하여
내 삶에 나타나는
하나님 아버지의 섭리를 발견하게 하소서

묵상을 통하여
내 삶에 다가오는
하나님 아버지의 뜻을 헤아리게 하소서

묵상을 통하여
내 삶을 내 소원대로 행하는 것이 아니라
하나님 아버지의 소원대로 행하게 하소서

돌아가 보고픈 날들의 풍경

흙먼지 뽀얗게 뒤집어쓰며
마구 뒹굴고 놀아도
마냥 즐겁기만 했던 어린 시절
철부지 동네 아이들은 뭐가 그렇게 좋은지
만나기만 하면 툭툭 치고 소리 지르고
눈짓, 손짓, 몸짓, 빛짓을 해가며
배꼽이 잡히도록 웃었다

논두렁 밭두렁을 뛰어다니고
개울에서 빨가벗고 멱을 감아도
부끄러운 줄도 모르고 신이 났다

즐겁게 뛰놀던 어린 시절은
단 한 장의 흑백 사진으로도 남아 있지 않고
내 기억의 속살 깊숙이 숨어 있다
불쑥불쑥 생각이 나면 무척이나 그리워지지만
금방 다시 놓쳐버리고 마는
돌아가 보고픈 날들의 아름다운 풍경이다

가난했던 시절엔

가난했던 시절엔 왠지 눈물도 흔했다.
서럽게 떠돌아야 하는 세상살이가 고달파 울고
절망만 파고드는 내 설움에 울고
기약 없고 속절없던 내 팔자타령에 울었다

속 창자까지 시려오는 굶주린 배를 안고 있으면
둥그렇게 떠오르는 보름달만 보아도 서글퍼지고
잊혀진 사랑에 떠나가는 열차의 기적 소리만
듣고도 펑펑 울었다

헝클어질 대로 헝클어졌던 삶 복판에 뛰어들어
사람답게 살아보겠다고 다짐하면
내 가슴에 고여 있던 슬픔이 목구멍에서 쏟아졌다
악착같이 살다 보면 사람답게 살아볼 날 있으리라
맨주먹을 꼭 쥐면 내뿜어지는 한숨 속에
눈물만 한없이 흘러내렸다

팔자 사나운 개 같은 인생만 같았다
엉컹퀴 같은 시련에 시달리며

가난하기만 했던 시절엔 속이 터지도록
목이 찢어지도록 울고 나면 속은 시원했다
내 가슴에 엉킨 슬픔을 세끼 밥처럼 먹던
그 시절도 가끔은 돌아가보고 싶도록 그리워진다

내 마음이 빈 두레박이 되게 하소서

내 마음이
빈 두레박이 되게 하소서
은혜의 우물에서
사랑을 길어 올리게 하소서

내 마음이
빈 두레박이 되게 하소서
축복의 우물에서
소망을 길어 올리게 하소서

내 마음이
빈 두레박이 되게 하소서
기도의 우물에서
응답을 길어 올리게 하소서

내 마음이
빈 두레박이 되게 하소서
말씀의 우물에서
믿음을 길어 올리게 하소서

134

길 잃은 양을 찾게 하소서

목자를 떠나 제멋대로 살다가
길 잃은 양을 찾게 하소서

가시덤불 속에서
깊은 웅덩이에서 나오려고
몸부림시는 양늘을 찾게 하소서

호기심과 유혹에 미혹되어
곁길로 빠져들어
길 잃은 양들을 찾게 하소서

죽음의 벼랑에 가깝고
죽음의 계곡이 가까워지니
저들을 불러내 올바른 길로 인도하소서

양들의 이름을 아시는 주님
양들의 이름을 아시는 주님
길 잃은 양들을 인도하여 주소서

내 마음에
머무는 사람(개정판)

초   판 1쇄 발행 2002년 5월 2일
개정판 1쇄 인쇄 2016년 11월 17일
개정판 1쇄 발행 2016년 11월 24일

지은이 | 용혜원
펴낸이 | 한순 이희섭
펴낸곳 | (주)도서출판 나무생각
편집 | 양미애 양예주
디자인 | 오은영
마케팅 | 박용상 이재석
출판등록 | 1999년 8월 19일 제1999-000112호
주소 | 서울특별시 마포구 월드컵로 70-4(서교동) 1F
전화 | 02)334-3339, 3308, 3361
팩스 | 02)334-3318
이메일 | tree3339@hanmail.net
홈페이지 | www.namubook.co.kr
트위터 ID | @namubook

ISBN 979-11-86688-66-3 03810

이 도서의 국립중앙도서관 출판예정도서목록(CIP)은 서지정보유통지원시스템 홈페이지
(http://seoji.nl.go.kr)와 국가자료공동목록시스템(http://www.nl.go.kr/kolisnet)에서
이용하실 수 있습니다. (CIP제어번호: CIP2016027216)